時間ノート

梁平

Liang Ping

竹内新 訳

思潮社

時間ノート　梁平詩集

竹内新訳

思潮社

目次

I

自分自身に覆われている　12
空を隔てて　14
断片　16
捨てることと得ること　18
都市の深い眠り　20
盲点　22

我が肉体に孫悟空が住む 24
よく繰り返される夢 26
ある夜突然失踪する 28
欲望 30
取捨 32
私は自分とは逆方向にいる 34
もし凶悪犯役だったなら 36
石についての記述 38
深夜のノック 40
アレルゲン 42
私は間違いのある文だ 46
免疫力 48
投名状 50

名簿　52
野良猫　54
不明　56
ほどよい砂糖のミルク　60
深夜食堂　62
夜に夢を見る　64
悪ふざけ　66
飽きを喜ぶ　68
成語には思い入れがある　70
二時五分のモスクワ　72
私のロシア名はアレクセイ　74
アムステルダム行きの機内　76
パリでカラスの鳴き声を聞く　78

パリからマルセイユへ　80
マルセイユの〈蚤〉　82
パリノートルダム寺院で鐘の音を聞く　84
凱旋門の英雄主義は薄れた　86
ルーブル博物館　モナ・リザは見なかった　88
成都パリの時差　90
パリに火鍋が　92
パリの樹才と雅珍　94
ベオグラードにある痛み　96
ブダペスト　98
時間上のミウォシュ　100
明快な母鹿――シンボルスカに　104
幾つかの話はしなくてよい　106

幾つかの事はしなくてよい　108
木犀問題　110
夕方七時　112
野外映画　114
蚊に出会う　116
紙の上　118
自力更生　120
流言飛語　122

II

説文解字――蜀　126
私の南方は遥か南というのではない　128

隠棲　130
耳順　132
外す　134
禁煙の記　136
誰にも古屋が　138
文字廟　140
紅衛兵の墓　144
木の葉が中空に　148
切り絵　150
心からの願い　152
墓誌銘　154

III

越西の銀細工師 158
文昌君廟参詣 162
湖心の島 164
東湖の三角梅 166
柳候廟茘子碑前で 168
李太白の墓に詣でる 170
羅平で花の王になる 174
養蜂家 176
珪化木に隠された原籍 178
訳者あとがき 183

装幀＝思潮社装幀室

時間ノート

梁平詩集

I

自分自身に覆われている

私は本に覆われている
言葉の生え出る蔓が絡み合い
徹頭徹尾がんじがらめの本結び　身体はもう脱け殻だ

私は夢に覆われている
断片と連環で展開する筋立てはくっきりしている
梅の花は散り　枝先の雪は風の叫びの言葉を鎮めている

私は言葉に覆われている
舞台と世界の間の宙ぶらりんの幻影
カササギが頭上を飛び過ぎ　カラスが窓台に止まっている

私は自分自身に覆われている
草ぶきの家の雑草が額をくまなく這い
石碑の立ち並ぶあたり　空の裏側が見えるだけだ

2018.12.23

空を隔てて

遥か南にある南方は
西南を盲点にしている
私は北方が好きではなく　だから北方の土ボコリとみぞれ
四合院の中庭と路地　凍ったサンザシ飴とは
関りがない　気に留めたことがない
だが珠江デルタは　どの一角もすべてが盲点
ひそかに決死の行動をとるという感動がいたる所にあり
引き籠る海亀のように　暗礁のすき間で世と縁を切り
家の奥に引っ込んで滅多に外に出ない
私は思いのほか空を隔ててこの盲点を目にすることができる
このように私の起承転結と釣り合いがとれている

水系はたっぷり豊かに　草木は喜び繁っている

2018.1.12

断片

私はいつも同じようなものを紛失していて　それは
その年に重慶で運転したジープと
関連しているけれども　それが物でないのは確かだが
失くしたということは失くしたということなのだ
旧いものは何処へ行ってもないし　新しいものもないのだが
こういう自己満足は少々阿Q*っぽい
針が身体に突き刺さったら
痛みはこっそり見え隠れに生じるものだ
酒を飲んだ後にジープの駐車場所を忘れてしまい
一週間後に巡査の運転で帰ってきたが
ホコリがたっぷり増えているというだけだった

車といっしょに紛失したものは何だったのだろう?
あの夜の星と月は酒を飲んでいないのに
稲妻によって切られてつながれ　断片化され
もはや二度と思い出せないのだ

2019.10.3

*阿Q＝魯迅に小説『阿Q正伝』がある。

捨てることと得ること

そのとき星は　寄り添っていた青空の白い雲を
取り逃がしたが　取り逃がしたということは
時間がずれたということ　それだけのことだ
青空の青に刃物は潜むことができず　どこまでもくっきり青い
白雲の白には小さな瑕疵もなく　きれいさっぱり影もない
青空は上方にあり　白雲も上方にあり
誰も　青空と白雲に出会って引け目は感じない
命の次のものはみんなはがれ落ち始めるのだ
虚栄　自惚れ　損得計算
みんな頭皮の屑だ　過ぎ去るものは過ぎ去ってゆくのだ
身体の向きを変えれば　そこもまた香しい花の咲く野原だ

多くのことは「御了察を願い　一々は申し上げません」で充分
人生最大の学問は　つまるところ惜しくないということ
捨てたものは　得られてもよく　得られなくてもよいのだ

2019.10.6

都市の深い眠り

目を開けることと閉じることとの間
夢の縁でこの都市を見届ける
府南河の楚々として美しい様
九眼橋が大声で叫ぶ様
夜の帳にネオンのあふれる様
目を開けているときは何も見えない
目を閉じてこそ
これら種々様々なものが見えてくるのだ

目で見たものは確かだというのもいよいよ信じられない
山と積まれる笑みは見えるけれども

そこに隠されているナイフは見えない
交差点では蟻を見かけ
横断歩道の横断中には　事故を起こした車が見えるけれども
血を見ることはない
見えたとか見えなかったとか
私には確かめられない

こういう状態はすでに久しく
自分が自分に絡みつき　もつれている
深い眠りに　都市が進入してくると
私のなかのもう一人の私は　浮遊し
あくがれ出る
私は潜んでいるシリウスなのだ
都市が美顔パックを剝がすのを　空から見る
赤裸々な人を見る

2019.3.26

盲点

咲き乱れる色とりどりの花を前にして
私は自分の色が見つからない
身分は幾つもあるが　残るのは身分証だけだ
接する人は無数　関りのある人もない人も
男でも女でも　或いは男女を問わない場合でも
同じ隈取りをしているとしか読み取れない
私は自分の盲点について恥だと思わず
是非、曲直そして黒白の前で
自分のやり方を貫いている　審判を下したりしない
自分にはまだ弾丸が隠されていることが分かっているから
いつの日かそれが胸から飛び出し　無辜の人を傷つけないか心配だ

だからその盲点を心を込めていたわる
見ぬが花　それが自らを清潔にするのだ
盲点を刺繡の花にしてやれば　見る人みんなに愛され
世の中のあらゆる弾丸に錆を生じさせ
不発弾にするのだ

2019.2.4

我が肉体に孫悟空が住む

我が肉体には孫悟空が住んでいる
私はうっかり自分の身体に入り込んでしまったが
どこから入ったのか知る由もなく
上から下へと　墜落する感じがあった
孫大聖人と遭遇したとき
物の怪と妖怪を見かけることはなかった
五臓六腑は互いに交錯し
止むことのない賭け事と殺し合いも
私が世界と向き合う表情に、誠実さに
穏やかさ慈悲深さに　全然影響することはなかった
私は身体の内部で何度も経験した巡り合わせの回数を点検し

痛みの一つ一つに敬意を表した

悟空とはもっと早く知り合いになっていればよかった
一生涯　眼差しを託すことができるのだ
胸腔から腹腔までお伴をしてゆけば
胆のうの結石は　悟空の一切を洞察する眼力の輝きのもとで
ちょうど仏舎利に成っている
悟空は言う　まあ妥当なところだ
我が師匠の肉より一段と貴重だ

腸管のなかを十万八千里漫遊したあとは
自分と悟空の区別がはっきりしない　一体どちらがどちらだ？
自分の手は如意棒を手にして
身体の外に立ち　一直線に意気軒高だ
天地の間に瑞雲の御来駕
額の上の時間は　年月日不詳

2018.9.4

よく繰り返される夢

私は同じ夢を見る
不定期に
繰り返し出現する
回数は覚えていないけれども
筋立て、場面そして結末は　しっかり覚えている
それは殺戮の夢で
隠蔽、追跡、逆追跡
そして天地の果てへの亡命にまで及んでいる
私の日頃の慈愛の心とは逆に
周辺のよく晴れた空とは
別の世界を形作っているのが

気になっている
私は夢のなかのもう一人の自分こそが
真実の私ではないかと疑っている
私は刀の光、剣の影と知恵比べ、胆比べをするが
いつだって　窮しても道は開ける式の勝算があり
これまで選択　仲裁　偵察そして逆偵察で
制御不能になったことはないのだった
だが　夢の筋書きが同じだということには
全く根拠がないと気付くのは
夢から覚めた後だけだ

2019.2.13

ある夜突然失踪する

その後　夜のなかにサーチライトがどんどん増え
それぞれが違う方向から私を追いかけてきた
ライトとライトのすき間には
ベニノキの四角い八人掛けテーブル、酒一本
空席が七つ、盃が七つあり
七人が次々にやって来るのが思い浮かんだ
その顔形は見えなかったが
彼らは自分たちの方言をしゃべり
そのうえ独り言を言って　滔々とまくし立てていた
彼らには私が見えず　私がセットした酒席だということを
全く知らないということが分かった

このとき一条の光がテーブル上を照らした
鋭利な刃物が切り裂いたように
切断された数本の手は少しばかり血の気がなかったが
盃はしっかり安定していてこぼれるようなことはなかった
私の盃は　私と共にまた失踪し
夜はなお引き続き奥深く進んでゆき
もう誰かが私と偶然に知り合うことはあり得ないのだった

2019.3.26

欲望

私の欲望は日に日に減じてゆく
映画の生き生きしたシーンのフェードアウトのように
ゆるやかに　だんだん遠ざかってゆく

以前に抱いていた恨み、不満そして苦痛は
少しずつ身体から剝がれ落ちて　もう気にならない
迷いから覚めた後　歩いていると身は燕のように軽い

たくさんの暗い夜を辛抱強く煮詰めて読んで
時間というものが理解できた　星、睡蓮、夜来香
それらはまだ幻影のなかで恋のさや当てをしている

夜の明けるのが以前よりも早くなり　窓の外の鳥たちの
その歌はいつもそのように澄み切っていて
私も同じように銀の鈴のような笑い声が得られる

私のもろもろの情欲はもう空っぽのゼロだが
無為に日を送る人間ではない　たちまち消えゆく人間ではない
一つ一つを見極める　それでも深くは追及しないということだ

2019.4.1

取捨

帽子を投げ捨て
頭上の後光を投げ捨てても
清々しさの付加されていない頭に五官は
きちんと整い　顔に分析の水準が備わっている
西洋服でも中国服でも　梱包を解いて選び出せば
身なりはますます気ままになり　リラックスする
心身のくつろぐ軽やかさは　羽毛のようで
自由な飛翔であればあるほど　大切に思う気持ちが理解できる
帽子が君を大切に思うわけがない
後光が君を大切に思うわけがない
こういうものを放棄してこそ　人たる姿を養うことができるのだ

思うとき　思い浮かべるとき　もう右顧左眄することはない
塩味を食べようが　薄味を食べようが他人のメニューを見ることはない
毎日を祝祭日として過ごし
自分の心地よさのために冠を戴せるのだ
悟空は頭のタガを締め付ける玄奘三蔵の呪文のもとで天馬のようだった
まして私は生きている生身の人間だ
あの日私は紅星路の横断歩道を渡ったが
交通整理台の信号機はとうに故障していたのに
相変わらずあんなに秩序整然としていたのだ

2019.6.15

私は自分とは逆方向にいる

私は自分とは逆方向にいるから
おまえと向き合うには問題があるのだ
おまえの名前と素性　おまえの小道具については
詳しく知っている自分のことより　もっと分かっている
おまえがおまえであるかどうかは重要ではない
おまえがそこにいるかいないかも重要ではない
私は鏡を前にして自分が見えず
人の目のなかに自分が見えない
私は私自身の錯覚なのだ
日ごとに自分と隔たりが多くなり
一度また一度と自分との衝突が発生するから

別の方向から探して自分に戻る必要がある
例えば人事不省の泥酔によって
例えば手を伸ばしたら五本の指が見えない闇夜によって
自分だけが自分に申し訳ないと思うのだ
それでこそ何があろうと他人を恨むことがなくなり
いわゆる胸中に　花を置くことだってでき
世界に満ちる茨を手に持つことだってできるのだ

2019.6.22

もし凶悪犯役だったなら

食卓は舞台　種々様々な役者が登場し
海中からすくい上げた大看板　主役と脇役には分けられない
アワビ　生牡蠣　太刀魚　ウニ　有る限りが勢ぞろい
エビも蟹も出演者一覧にはないほどだ
畏まって席に着けば　私の心はどきどきして落ち着かず
盃の後ろに逃げ込んでしまい　無理矢理飲んで
酔いつぶれるしかない　私の演技はプロ以上にプロ
終始竹の箸が持ち上げられない
箸を海に投げ入れて藻を生やせば
三十センチばかりの壁が増えて
卓上の役者の数が減りそうな気がする

それらの大物がどれも凶悪な役柄だと分かっていたら
背景にある海が見て見ぬふりをするはずがない
結局はある日　波風を巻き起こすのだ
耳目を忘れよと　釈道海*先生が
述べられたのを思い出す　これは私には本当に難題で
私はちょうど集団殺戮に加わって
遠くから近づいてくる海の泣き声を聞いたところなのだ
生物の食物連鎖において必ず凶悪犯役を演じなければならないとしたら
私は海を選択することはできず　いっそのこと
海に身を投げ　棘を生やした暗礁になって
網が来れば網を破り　船がやりたい放題できないようにするのだ
海のなかの生命は自由で　生き生きしていて
海上は風穏やかに波静かに　紺碧で　いつまでも紺碧で

2018.9.5

＊釈道海＝一九二四年山西省生まれ。僧侶。

石についての記述

丸裸というのは素晴らしい言葉だ
それを軽んじてはならない　心が汚れを隠さずにいてこそ
死に至るまで変わらず自由にゆったりしていられるのだ
私は石が好きだ　そのひび割れも
血を流さないその傷口もまとめて好きだ
陸にあるときも海にあるときも
拾い上げられるにしても打ち捨てられるにしても
表情を無理矢理押し付けられれば
たとえ傷だらけになろうとも　身体そのもので拒む
私の前世は間違いなくそのような石だ
今生の私は石に借りを返している　風雨も雷もその響きも

筋肉を緩め血のめぐりを良くするものでしかない
私は仮面を付けない　顔色はころころ変えられない
この身体以外はすべて一生名残を惜しむようなものではない
踏みつけられるのにはもう慣れていなければならない
明々白々な敷物なのだ
もしこんな風だったら煩わしく思う人もいるだろうが
原因は自分の方に探してみなければならない
私はずっと元からの位置にいる　素っ裸だ

2019.5.23

深夜のノック

深夜のノックの音には少しばかりビクッとする
深夜に誰かがノックしたら　電話を受けるのに比べて
いよいよ躊躇してはいられないはずで　ドアを開け
他人と緊急事態をシェアすることになる
この世界に幽霊はいないし　いたとしても皆自分を尊んで
深夜のノックの音にはドアを開けようとはしないから
人と隣り合うにはふさわしくないのだ
私の隣に住んでいるのは警察官だが
彼の住まいのドアはしょっちゅう深夜のノックがあって
私がその音で目が覚めた後　彼がドアを開けるのを見たことがない
気落ちした足取りの音は

ノックの音よりずっと後まで通路に残っている
深夜に彼の名前が叫ばれる回数は増えてきて
すでにしっかり敷居に刻まれてしまっている
私たちの間には何の付き合いもなく　常に顔を合わせても
見知らぬ道を行くがごとし　相手になるつもりはなく
通路で彼に出会おうとも思わない
警察官をしている息子にこのことを話したら
名前はよく知っている　でも顔見知りではないと言った

2019.6.15

アレルゲン

真夜中に皮膚にアレルギー症状が出て
眼は開けていられず　痒いところを掻けば
掻くほどに痒く　それは点から面へ　すべすべ滑らかな腕へ広がり
私は隈なく密集するトーチカに触れているのだった
昨晩寝る前に観た戦争映画の
陥落した陣地　砲弾の跡　掩体壕
そして横たわって並ぶ無秩序が甦ってくるのだった

やむなく私は寝返りを打ってベッドを降りて
極力情緒の安定を保ち
常備薬の箱から酢酸デキサメタゾンを探し出して

左腕に塗り　デソニドクリームを探し出して
右手に塗ったが　自分のアレルゲンを確定できるわけもなく
箱をひっくり返し　洗いざらい探して抵抗を
可能にするあらゆる家財を全部使ったが　痒い　痒みは続く

生半可な生は死に及ばないのだ　窓の外の闇は
世界全体の陥落を引き起こしていた
皮膚の上の戦争は胸腔にまで蔓延し
私はソファーにルイス・シンプソン*を見て
彼の胃が見えた　ちょうど「ゴム、石炭、ウラン
月と詩を消化している」
私は自分の身体に重きを置いて自分を憐れむ自分を　恥じた

私は夜の闇が増幅した恐怖を忘れ
鏡の前で居住まいを正した
大義に徹するかのように外に出て　階を降り　車のエンジンをかけて

致民路の安順橋で府南河を渡ったが
病院へ行くのではなく　漫然としていて目的もない
運に任せて自分のアレルゲンに出会おうと思う
赤信号　或いは銃弾

2019.6.29

＊ルイス・シンプソン＝一九二三〜二〇一二。ジャマイカ生まれ。アメリカの詩人、批評家。

私は間違いのある文だ

いつから始まったのか
私はものを言うのに文法の論理を失くしてしまい
言動が取り留めないものになり　もう筋の通った文章が書けない
私は間違いのある文だ
もはや　自分のために　主語述語目的語を組み立ててはやれない
もはや　人が言うから自分も言う　ということにはならない
自然そのものの伸びやかさに句読点を打てば
暗礁が水面に現れてくるし
けばけばしい厚化粧を取りやめれば
スッピンが世間を渡って行く
私の間違いのある文はメリハリが利いていて

地下鉄一号線の入り口から
四号線の出口まで
思いのままに　語彙がつぎ足され恩愛が加わる
だが誤りが伝染することはない
それだけのことだ　私は確信している
我らは同病相憐れむのだ

2019.3.26

免疫力

感冒には期せずして出くわしてしまう
喉がイガイガして咳が出て　鼻水が涙のように垂れたら
人前には顔を出せず　自主隔離だ
ウイルスが身体を周遊し
そいつの行くところは　だるくてくたくたになり　力が入らず
夢に色なく　恥ずかしくてたまらない
医者である友人は私の自業自得だと言い
免疫力が低下していて　対抗する薬がないと言う
免疫力は過敏によって盗み取られた
免疫力は鈍感によって盗み取られた
免疫力は無辜によって盗み取られた

免疫力は懸念によって盗み取られた
免疫力は心の千々に乱れる長い夜によって盗み取られた
ウイルスは虚を衝いて侵入し　私の身体は壊滅状態　軍隊の体を成さない
自分でしか処方を決められないということ――それだけ
最良の薬は自分から睡眠を求めることだ
心をすっきり　身をすっきり　考えをすっきりさせ
ぼんやり眠り　諸事見えているのに何にも目に留まらず
何に対しても心が向かわず　全てがうやむや状態
ふと目が覚めたら　うららかな太陽とさわやかな風

2018.1.14

投名状*

梁山泊の好漢も
もはや群れを成し隊を組むことはできず
これ見よがしに市中を歩くことも　山林に隠遁することもできないのだ
四十年前に読んだことのある水滸伝の
人を殺して物を奪ったという投名状はいよいよ真実味はない
軽きこと鴻毛の如し
だが私ときたら　体得した得意技は
紙の上を行くことができるというだけ　似ている点は
それぞれの道を通って　同じところに帰り着くということだ
その日　おなじみの電話を受けたところ
任侠の世界には　あなたに関心を抱いている者がいると言われ

あなたの名前を挙げている者がいると言われる
まだそんな世界やヤクザ集団があると　私は信じていないし
たとえあったとしても絶対に加入することはない
小生　投名状は出せません
仲間割れ、中傷、密告、スキャンダルでっち上げ
これに類したみみっちいことの諸々なら
狭い道で　ウパスノキの毒液に出くわす方がましだ
だから　笑顔で通り過ぎるのがよろしい
彼は彼の下水道を行き
私は自分の狭苦しい部屋に銘を書くのだ

2017.11.17

＊投名状＝アウトロー集団に加わる際に、忠誠を誓うために差し出す誓約書。

名簿

生命内の名簿に入ってゆくと
そこは君の生命の全てによって構成されている
例えば家族の遺伝子の大系統樹、曲がった根っこ、入り組んだ節々、
繁茂した枝葉　だがこれらの他に
東西南北の　張家の三男、李家の四男、王家の五男
上下左右の　趙家の八男、銭家の七男、孫家の六男
みんな一度は人の世にやってきて帰っていった
始まって終わったのだ　プラットホームごとに目をやれば
にぎやかに行き来し　親しく肩を抱き合い　脅すつもりが喧嘩になった
まるで日常茶飯事だった
砂が目に入ったということになれば

意地悪くあら捜しをして嫌なことを人に強いた
最も手っ取り早いゲームだと思い込んだのだ
出会いと知り合いはすべて名簿に記載され
友人とライバルはすべて名簿に記載され
時間の堆積は　まるで著作が自分の身の丈にまでなるのと同じだ
君の名簿を大切にすることは　君を大切にすることに他ならない
生命の苦心惨憺のなかに　敵意と抵抗を仮設して
心の平静を保つようではいけない

2018.1.16

野良猫

そいつの身の上は胡散臭い
挙動は胡散臭い
ほっつき歩き　暗い場所でネズミの輩と肩を組み
じめじめした下水道を通り抜けてゆく
そいつに対する私の憐みの始まりはまず一匹の魚からだった
魚の小骨は剣と見なされ　月なき夜の強風のなかで踊りが始まるのだった
私は引き続きそいつが出没する一角に
牛乳、キャットフード、小骨のないむき身の干しエビを施し
そいつがすぐさま成仏するよう願った
私はそいつとは対話ができないし　許してやってもよい
石が涙を流すのを見たことがあるのだ

家のない者の気持ちは私も味わったことがあるのだ
故郷を離れたからだが　もしくは
宙ぶらりんの有様だったからだが
放浪はごろつきになる理由にはならない
市街地にも郊外にも灌木の茂みにも種類は雑多だが
生を受けて死に至るまでによい評判を残すものは
数限りないのだ　例えばそこの野良犬は
足取りは軽やかだし　人に傷を負わせたことがないのだ

2018.8.7

不明

府南河のシラサギは
いよいよ増えて　いつも早朝に
岸の遠く近く高く低く木の枝から私に顔を見せる
まず数羽　そして群れになって
その清浄な白　一度目にしたら忘れられない白は
こちらが引け目を感じ　正面からはまともに見られない

それらの身を寄せる巣を樹上に見たことはないし
棲み処に帰る経路はこれまでずっと知らなかった
いつも河の岸辺に沿って探し
どこの叢も見逃さなかったけれども

結果を得ることなく帰って来るばかりだった

蛇には遭遇した　鼠には遭遇した
何年も離れ離れだった間抜けなシベリアンハスキーには出くわした
だが唯一シラサギの降り立つ場所は見つけられなかった
それらがシラサギのお隣さんだとはとても信じられない
水と岸のすき間に巣を作って　人跡から遠ざかっているのだ

蛇と鼠が同じ穴に居るとは聞いたことがある
蛇と鼠は私を怖がり　慌てて逃げ隠れする
シベリアンハスキーは何年もさまよって住所不定
だがシラサギは百の偏愛を、賛美の言葉を一身に集めるのに
安全だという気持ちと両替できるものは何一つないのだ

シラサギは過保護で少しばかりお高く留まっている
私は　水があふれ棲み処を失ってさまようシラサギを

見たことがある　岸辺に住む人のドア口で
闇夜でも覆い切れない白が
まぶしすぎ　そこからは禍が落下してくるのだ

2019.5.18

ほどよい砂糖のミルク

一杯のミルクに　ほどほどの砂糖を加える
ほどほどは融通が利くのだ
注文を付ける　適当にやる　取り留めもないことを考える
これはとても重要な基準だ
私は還暦の味覚で
その口当たりをあれこれ調整するので
全世界にあまねく通用すると言ってよいだろう
例えば人生というこの大概念は　実はとってもちっぽけなもので
品格、性質とは全く関係がなく
ただ道がひどく悪くて歩きにくいというだけだ
歩いていって　最後にはそれが自分の道となるのだ

あらゆる遠大な志はいかにも疑わしいもののように見えるのだ
たっぷり砂糖を加えた牛乳にいささか似て
融通が利くという自信が失われて
自分が正しいと自分で思ってしまい　人からくどいと思われ
吐き気を催され　引付けまでも起こされてしまう
私は砂糖たっぷりも砂糖無しもお断り
ほどほどだけを愛する
ほどほどとは　そのときの状態　ほどほどとは　見込みを持つこと
ほどほどとは　ハッキリと曖昧の間にある個人所有の土地
深浅は自分で把握し　余裕をもって捌くものだ

2018.8.21

深夜食堂

安倍夜郎[*1]の漫画から出てきた食堂は
ネオンの暗がりで　裏通りの小路で
恋敵に対する愛憎と喜怒哀楽の　本当の姿を料理している
猫まんま、お茶漬け、赤味ソーセージ、焼きそば
松岡錠司、山下敦弘、及川拓郎、登坂琢磨、小林聖太郎[*2]
これら　色とりどりで目移りしてしまう名前は
人の世の花火なのだ
私はちょっと意地悪に　ずっとそれを追跡して
食堂内を構成する要素と　その階級区分けをしようとした
その結果　あらゆる気取りや勿体ぶりは
飾り気のない質素の前では一撃にも堪えないのだった

しまいには　美顔パックや仮面は深夜の食堂に
入ってゆけないことがはっきりした
夜の手が伸びてきて　残酷なまでに
一つ一つ剝がしてしまうのだ

2018.8.29

＊1　安倍夜郎＝漫画家。一九六三年高知県生まれ。『深夜食堂』は、二〇〇六年から漫画雑誌に連載され、テレビドラマにもなった。
＊2　テレビドラマ化に関わった監督、脚本家、プロデューサー等。

夜に夢を見る

夜に夢を見る
春夢のなかの恋人なんて　ほとんど見知らぬ人だよと皆は言う
それに対して私は半信半疑だけれども　大勢の人は同意する
私の夢に春はなく　彩りの美しさはなく
夏、秋、冬のなかにだって春はない
私の夢はどれも変幻自在
天の神は私に言う
おまえに万能の権力を授けよう　おまえの敵を呪えるぞ
私はスマホの名簿を　全部引っ掻き回して探したが
皆こぼれるような柔和な笑顔を浮かべていて　敵はいない
また今度は幽霊がやって来て　突然死の貼り札を渡し

近くにいる小人を連れて来いと言う
学生時代は省き　職場をふるいにかけたが
招待状を送ってもよい人は見つからなかった
世界はとても大きくて　ものの道理がはっきりしないのだ
寒かったり暑かったりする仮面には慣れてしまい
だんだん遠ざかってゆく後ろ姿は重視しない
人と競争するのは　前世で身につけてきた因縁
安易に敵だ小人だと指摘したら
自分が卑小だということだ
もしある日私が不運にも名誉の負傷をしたとしても
自分の血をうすめて涙にし
涙で顔を洗い　流れ出た血よりもっとさっぱりしたい

2018.8.30

悪ふざけ

私は北京内城の正門で悪ふざけをしたことがある
ちょっとした出来心から悪事に加勢したのだった
タクシーがぐるり遠回りをし
距離三百メートルの距離を　四十数元の料金にして
私を建国ホテルで下ろしたのだった
運転手は嬉しさいっぱいの様子で去っていった
私も嬉しさいっぱい　ぼったくりを助長するのに成功したのだ
彼は一日中楽しさに浸っていられるのだ
私を待っていたその人はまだ路上にいる
時間が隔たって　私たちは立場が入れ替わり　私が待つ身になった
私はロビーのソファーで想像をたくましくした

また　その人がさっきのタクシーに引っ掛かり
運転手は　私にしたのと同じことをしようと
私の面前に現れる
前回は引っ込みがつかず　気前よく支払ったが
今度はもっと大喜びさせてやる
もっと言ってやるのだ　この目の覚めるような余分な金で
おまえの余生の恥を買っておけ！

2018.6.12

飽きを喜ぶ

時間が一日三食によってはっきり分かれているのに　飽きた
朝早く出て夜遅く帰るという二点間の細い線に　飽きた
文机の前の半分本物半分偽物の抒情に　飽きた
ベランダの上の一分のすきも無い彩りに　飽きた
甘い言葉に　飽きた
美辞麗句の並んだ月並みな文学に　飽きた
時期が来たら事が自然に成就するようなことに　飽きた
機が熟して事が自然に成就するようなことに　飽きた
陰が形式的に設ける爽やかさに　飽きた
落葉の敷き詰められた哀しみの詠嘆に　飽きた
甘い言葉に刃物を隠し秘策を戦わせて争い合うことに　飽きた

うわべだけ好意を示し心中を察して口に出さないことに　飽きた
私は飽きが来たのを喜ぶ
規律を守り規則通りにやり道理を踏まえて好い結果を得て順序通りに事を進めるのは
私を愚鈍にさせ　意気消沈させ　耐え難くさせ
見るからに腑抜けのようにするのだ
飽きて　飽きて　恋々としてその場を去るに忍びないのに飽きて
過去の一寸の光陰の一つ一つを
空っぽにしてやる　心の傷を残しておいて
一人焼畑耕作をすれば　歳月が映し出されてくるのだ

2018.9.2

成語には思い入れがある

周りの多くの友人は
詩中に成語を使うことには一貫して反対している
それが自説であるどうか　不明だが
成語は先人が創造したものだが
詩歌の言葉は〈猿真似・オウム返し〉ではならず（御免　来た）
〈唯我独尊〉であるべきだ（また来た）
漢字も先人が創造したものだが
詩を書くのに漢字を使わずに　鳥の言葉あるいは
〈飛鳥走獣〉のしゃべる小言語を使うことができるだろうか（また来た）
私はこれまでずっと成語が好きだと自覚してこなかったが
〈年寄りの冷や水〉　思うように動けなくなった（また来た）

先人の知恵は先人がいたから以前から存在している
しかる後に自分自身が先人となり
そうして別の先人に取って代わられる
私は先人たろうとは思わない　先人は杓子定規で融通が利かず
この世界においては希少種に属している
私の詩歌は人間の言葉をしゃべることだけに拘り
先人の残した成語を含み込みながら
一を以て十に当たり　〈森羅万象〉を網羅するのだ（また来た）
私がそれを使う時だけが
それを別の小枝に接ぎ木する機会になるのであり
〈節以外から枝が出て〉それは〈死んでも悔い改めない〉だろう（また来た　御免）

2019.5.26

二時五分のモスクワ

体内時計が触覚を伸ばして
身体中至る所の関節に這い上り
私はベッドの上で身体を九十度に折り畳み
ぼんやりしている　捉えどころのない夢で
ラディソンブルホテルの八階から墜落し
私が追い払った夜といっしょに
よろよろ街を歩いた
もたもたしているモスクワは
喪失を拾い上げることはなかった
私はその時刻　北京時間に敬意を表したが
そのとき　成都太古里の南部辺りで

第四十階ビルから急降下攻撃があっても
起承転結の順序通りとはならない
時間を間違えたのではない
モスクワはすでに郊外に引っ越し
トーニア、ナターシャはともに名前を隠して明かさず
暗い夜の白のことは　誰にも理解できない
酔っ払ったロシアの男が
隣の酒場から出てきたが
家路を見つけ出せないでいる

2016.9.23

私のロシア名はアレクセイ

何のつながりも見出せないけれども
中国語に訳せば　似た感じになるという点を重んじて
私のロシア名はアレクセイと言うのだった
私には　似ているところが見つけられなくて
なぜスキーではいけないのか
ワシリーではいけないのか
コフではいけないのか　よく分からなかった
唯一似ていたのは　私たちが互いに
ロシアのハムは美味いと認め合った点だ
スキーはパンも好きで
ワシリーはバターも好きで

コフはサラダも好きだ
私のモスクワでの食欲は
限られたものしか受け付けず　肉があればそれでよく
分不相応に成都の辛く香る路上の
目もくらむような色とりどりの美食に赴いたこともない
だから私はたちまち彼らの間に溶け込み
彼らは私のことをリョーシャ、アリョーシャとまで呼んだのだ
それは私の幼少期の呼び名なのだった

2016.9.20

アムステルダム行きの機内

北京からアムステルダムへは
離陸と着陸の滑走
映画の夢うつつの間だった
私はマーティン・マクドナーの『スリー・ビルボード』に
絶えずキャラの転換を迫られて
キャビンから出られなかった
警官ディクソンの頬の傷跡
警察署長ウィロビーが自殺して残した手紙
凶悪犯を追う母親ミエルドリードの灯した松明
いよいよ私自身が重傷を負うかのようだった
私は物語のなかで執拗に

その傷跡を、その手紙を、その松明を探した後
深く羞恥を隠し　視線をかわす羽目に陥った
私はそれによって言葉を失い　足が地につかなくなり
傷つけられ誤解され　運よく免れることなど誰もできなくなり
真相に近づけば近づくほど　ますます寒気がしてきた
この時刻のアムステルダムは　私を見ていた
私は　すでに目を覚ました風車とチューリップを窓外に見ていた
胸いっぱいの感激　空から地表へ
想い描いたことのなかった重々しい飛翔
心を揺さぶる慰問だった
季節はよく分からなくても　一面に花が散り
機外に出れば　燕が一羽近くを飛んでいった

2018.3.27

パリでカラスの鳴き声を聞く

カラスかどうか確認できなかった
姿は見えず　ただ鳴き声だけが耳に澄み渡り
それはパリの早朝を引き裂いた
私は習慣通りに　バルコニーで深呼吸し
あらゆるものが行き交うなかで　古きを吐き新しきを吸い込んだ
共和国広場の自由の女神は
余りに長きにわたって立ち尽くし　いささか疲れていた
頭のてっぺんのオリーブは枯れたようには見えなかった
かと言って鮮やかな緑が咲きこぼれるでもなかった
昨夜の広場に集結した鬨の声は
航空と鉄道　公共交通とタクシーに及び

群がり集まったカラスのようだった
彼らのスローガン、彼らの歌は　聞いても理解できなかったが
リズミカルな力強いリズムは
百年の地下鉄三号線とピッタリ息が合い
それだけが私の夢のなかに残っていた
目を覚ませば　広場はがらんとして
地下鉄の出入り口では　おびただしい出入りが始まっていた
荘重と軽薄　質素と艶麗
どう見てもロマンティックではなかった
だが私の場合　カラスの鳴き声を聞いたのであり
それとは似て非なるものだったのだ

2018.3.28

パリからマルセイユへ

パリからマルセイユへ
高速鉄道で二時間　わずかな時間だった
私が駅の外で手探りで煙草を取り出すと　手が伸びてきた
私はこの動作がよく分かっていたので　また一本取り出して渡すと
その御仁は早速もう一つの手でライターを取り出し
自分の一本に点じた
彼に手荷物がないことに興味がわいた
きっと列車が駅に入って来るのを待っているのだ
私のように駅から出て煙草を取り出す奴を待ち
願い通りに希望を達したのだ　私はとても願っていたのだ
異国で雷峰[*1]に学び　そういうやり方で

気軽な人助けの楽しみを学んだ
まさしく煙草入れに書かれていた漢字「寛窄」[*2]のようだ
他人の狭さには寛容の広さを以て接し
姓名は告げず　感謝の言葉を言ってもらう必要はなく
雷峰同志に倣って日記に書いておく
ただ詩のなかに書いておくというだけだ　フランスで
私のした善いことは煙のように
風に漂ってゆくことはないのだ

2018.4.7

＊1　公務中に殉職した人民解放軍兵士（一九四〇〜六二）。「雷峰に学べ」の大衆運動が全国的に展開された。

＊2　寛窄＝成都の巷（小路）名。94ページの「パリの樹才と雅珍」参照。「寛」は「寛大」の「寛」、「窄」は「狭窄」の「窄」。

マルセイユの〈蚤〉

修道女たちの姿が見えなくて
とてもがっかり　修道院は長年空き家状態で
ミニ絵画展、ミニ書道展も　雨や雪よりも寒々としたものだった
日曜礼拝は様変わりして
俗世のうちに　市民は〈蚤〉を捕まえたり放したり――
古着、古い首飾り、古くなった品
あらゆるお古を　自由交易している
中世の物々交換が復元されている
ユーロ、フランによる値段の掛け合い
馬車の御者と金持ちの坊ちゃんが　欠陥ステッキを巡って論争し
奥様と家政婦が　ショールを張り合っている

積み荷を下ろした雲は空へ躍り上がり
仮面を外した様々な人たちが　ぞろぞろ連なって進む
誰もが楽しそうな「跳ねる蚤」
制服着用の都市管理人は見かけなかった
皆は蜂の巣を突いたような大騒ぎはしていなかった
金髪の女の子がバービー人形を抱いて
歩いてきたが、赤い革靴が踏んでいった跡は
まるで艶やかな花が咲いたかのようだった
この時　さわやかな風が地面から立ち上がって吹いて
私の空虚感を連れ去った

2018.4.7

パリノートルダム寺院で鐘の音を聞く

パリノートルダム寺院には行かざるを得なかった
広場は人の群れと鳩で混み合い埋め尽くされ
そのなかに私はいた　自分と神とは関りがない
信仰とは関りがないと確信していたが　ときめきは加速するのだった
ゆるゆる移動する行列が　私を
青春時代に繰り返された夢想へ　少しずつ近づけた
女性の美しさに驚嘆した　想いは野放図だった、未来は美しかった、心は善良だった
それらの秘かな思いが　心に深く刻まれているのだった
ぼんやりしているうちに　ジプシー少女のエスメラルダが
人混みに見え隠れし　しばらく仰ぎ見ていた神が
私を教会堂に導いた　長椅子には

祈りをささげる敬虔な信者たちと私が　畏まって座ったが
私が思うことは　彼らが思うこととは異なっていた
こみ上げてくるものが自分で分かった
蠟燭が光輝いて　前方を明るく照らし
背中の丸まった老人がひょろひょろ歩いていて
冷や汗をかくほどに驚かせたが　よく見ると
カジモドという訳ではなかった
教会の鐘の音が天から降ってきて
一打ちされるたびに　雷のように重々しく響いた

2018.4.15

凱旋門の英雄主義は薄れた

シャンゼリゼ大通りのだらだら長い上り道は
ド・ゴール広場の凱旋門前で通行止めになっていて
ここに暫く留まる雲は　どれも通りすがりのトラベラーだ
フランスの戦争関係行事は雲散霧消して
かつての凱旋の誇りはいよいよ曖昧になり
それが門前の種々様々のセット写真の撮影になり
気安く他人を私のスナップに引き入れ
私も同様に　いとも簡単に別のスナップへと引っ張り込まれる
凱旋門の英雄主義は薄れた
英雄が抱いた人の世の烽火は　パリにあって
閑静と優雅、詩情と浪漫となり　それはちょうど

我が成都がすべて生活の美学であるのに似ている
珈琲店の珈琲はとても濃く
酒場の酒はとても淡白
フランス香水は香りのついたパリの風
凱旋門から十二の方向へ堂々と去ってゆくが
目指す方向の一つは　くっきり見える
我が成都、太古里、九眼橋

2018.4.18

ルーブル博物館　モナ・リザは見なかった

ルーブル博物館広場を一巡りした
内にモナ・リザがあることは知っていた
彼女の微笑はずいぶん早くから　高い壁を越えて世界を遍歴し
ここに遺されているのはその一輪
開花して実を結ぶことのできない溜息
とても多くの人が列をなして彼女の接見を待っていた
私は彼女とすぐ横をすれ違い　通り過ぎたら引き返してはいけなかった
そこで彼女を見て
成都で見た彼女と変わらないと思ったのだった
間近にいると　想像力が失われ
想像していたモナ・リザはいなくなってしまい

最終の結末は　ルーブル宮で老衰により亡くなったというものだった
私は彼女に会いに行ったのではないので　残念ではなかったが
彼女が歯を見せずに微笑んで秘めた神秘を　大切に思っていたから
自分に特赦令を署名発給して　無罪放免
行方をくらましたのだった

2018.4.18

成都パリの時差

七時間で白と黒が逆になった
パリの夜　私はバルコニーで星を数え
たっぷり三桁の数まで数えたところで混乱しだした
それら似て非なる星たちは
動きが怪しく　北斗七星は北斗七星ではなく
シリウスはシリウスではなかった
織女星だけは見目麗しく
牽牛星といっしょに地下鉄口から出てきて
まっすぐ昇っていった　私は物の怪に取りつかれたように
ずっと後を追ったが　少しばかり奇妙な行動
銀河のどの入り口だったかは分からない

織女と出くわしたのだった
優雅で上品で　礼儀正しかった
身体をひねって眼下に目をやれば　うららかな陽光の成都
平らに広々とキラキラしていた
府南河と銀河は同じ身振りをしていた
水面にはキラキラと光が躍り　星たちがきらめき
私はそのほとりに　もう一人の私を見た
老杜甫先生と酒杯を上げ　酔眼朦朧として
赤ら顔　錦城（成都）は湿りを帯びている

2018.4.19

パリに火鍋が

パリの火鍋は
成都の火鍋と血縁はなく閨閥の関係にもないが
サン・デニス一六八街では　すこぶる人気があり　とても成都風だ
わがまま一杯の小皿の唐辛子を　ちょっと付けたら
自分の出身地がばれてしまった　オーナーシェフはたたき上げの人
牛の胃、ガチョウの腸、豚の大腸、血豆腐、豚バラと　ありったけの歓待
寛いでしまったということだ
彼は成都の火鍋を知っていたが
フランス大統領が行ったことがあるのは知らなかった
私は　これも看板料理なのだから　大いに売り出したらいいと言った
彼は予想以上に喜んで、続けざまに礼を言ったが

彼がそのメニューを採用するだろうことを確信し
私が思う存分腹に入れた分の割引はないだろうことも　確信した
果たして割引はなかった

2018.4.13

パリの樹才と雅珍

パリの通りを歩いてゆくと
成都の太古里、寛窄小路にいるようで
中国の味わい、四川の味わい、春熙路のあだっぽさ
有るべきものは皆そろっていた　見知らぬパリを
樹才と雅珍が左右に付き添い
溢れんばかりの心遣い
私は彼らの眼差しがリンクする鉄棒の上で
気ままに転がり　ゆらゆら漂い
どこに足を止めても完璧な造形があるのだった
樹才は詩人、通訳、秘書と　一人で何役も兼ねたが
重要なのは若い友人役だった　雅珍の雅は

文字通り樹才の雅とお似合い　潑溂として
私という無骨な人間を変えてしまうのだった
砂糖ひかえめの一杯のコーヒーは　あらゆる味わいをかき混ぜ
ひと匙のアイスクリームは　半時間の楽しみをもたらし
一つのマンゴーは二十六切れに分けられ
一つの夢は眠りのなかで九篇の章となった
パリで心に引っ掛かっていたのは　私が成都に戻ったら
樹才と雅珍はどこにいるのか？　ということだった

2018.3.28

ベオグラードにある痛み

ユーゴスラビアは無くなっていた
中国大使館の跡地は更地になり
建築現場の一角には　大理石が一つ
折しもブラックユーモアにさらされていた
碑文には　二人の若者の名前が書かれ
その生命より物寂しく立っていた
小雨が降り
枯れしぼんだ野の花束が幾つか　涙の玉をびっしり垂らし
そのうす暗い黄色が　ことのほか痛々しかった
防いでくれるもののない大理石は語ることなく
足を留める人はなく　一目よく見ようとする人はいなかった

ベオグラードは無表情で
魚の記憶よりもっと束の間のことだった
私はしゃがみ込み　その年の砲火が
海をまたいで地下室に飛来した正確さを聴いた
私は祖国からはるばるやって来たが
ここではドナウ川の紺碧は見えず
恐る恐る碑文の上の泥を拭き取り
のび放題の枝葉を取り除くことができるだけだった
恐れたのだ　激しく押し寄せてくる感傷が
その痛みとぶつかってしまわないかと

2018.8.3

＊コソヴォ問題から、北大西洋条約機構（ＮＡＴＯ）がユーゴスラビアを空爆したことが背景となっている。

ブダペスト

ドナウ川はブダペストの市街を抜けて流れている
左岸がブダ　右岸がペスト
どちらもペテーフィの灼熱を覚えている
砦の上の落日は　空の果てをすっかり口紅で塗り
眺めやればうっとり　艶めかしく
その時刻　酒杯を満たすにはぴったりだ
川辺では　静かに横たわる小舟にふと出会う
それは生命の外の　愛と自由の暗示
私に一飲みに干された
青い記憶が水面に浮かび上がり
そして立ち昇り　湧き返り　私を水浸しにした

ほかにどんな理由も探す必要はなかった
それはいとも簡単に好きになった都市だ
全くその気はないのに　いつの間にかその虜になっている

2018.8.4

時間上のミウォシュ*

生涯ずっと時間ともつれ合い
最後の時間のなかを　どうっと倒れた
青いバルチック海は大声で泣き　その声は
水面と陸地のいたるところに伝播していった
時間のために挽歌を歌ったポーランドの老人は
時間によってクラコフ市の家のなかに埋められ
時間は彼のために凝固した
ポーランド語によって書き上げられた詩は
広く他の民族の言葉へと数を増していって
世界を覆った
それはポーランドの神話

映像と記憶は時間を用いて作ることができた
そしてそこに　込み入った寓意の神話を付与することができた
その神話を作った大脳は　一面に広がる海
数え切れない種類が　海のなかで互いに嚙み引き裂き合い
互いに活性化し　整然たる秩序へと配列されていった
この人の　複雑で　秩序ある立ち位置に似ている
金持ちの御曹司　プロデューサー　外交官
詩人　教授　亡命者……
時間は彼のノートのなかにある
恐れ、戸惑い、悲傷と虚無
あらゆる時間に斧と鑿の跡がある
絶望のなかで　ファシストの暴虐に昂然と顔を上げ
鮮血によって　救済と贖罪の歴史を切り分けた
鋭敏に　少しの妥協もなく引き受けた
人類を引き裂いた激しい衝突の赤裸々を
時間の上に

2019.10.20

＊ミウォシュ＝チェスワフ・ミウォシュ（一九一一～二〇〇四）。リトアニア系ポーランド人。詩人、作家、エッセイスト、翻訳家。一九五一年、仏へ政治亡命。五八年、米へ移住。八〇年、ノーベル文学賞受賞。

明快な母鹿——シンボルスカ*に

一頭の母鹿が　言葉の密林を駆け巡り
最も明快なスタイル、適度な距離によって
物静かにこの世界を観察した

彼女の軽やかで細やかな語句のなかで
雲は重々しいものに変わり　流れる水はもう軽薄ではなかった
私たちには　お互いの醜い痣が見えてきて
私たち　人と称する動物は
心の底に痛みが生じた

並外れて敏感な母鹿
微かな物音も　その追跡から逃れられない

林をなす語句に分け入り　満開の花を見て
弾丸を「中途に留め」　衝突と対話して
自身の傷口に塩を撒いた

密林を離れることのなかった母鹿には
都市の周縁が永遠の世界だった
あらゆる問題が詩のなかに入ってよいのだった
単純と複雑　距離と親密
最良の膠着状態は遊離ということだった

彼女は今に至るまで中国に来たことはない
左に曲がって右に曲がってすれ違いの青春映画で
私たちと「一目惚れ」の仲となり　心と心がぴったり一致したのだった　2019.10.19

＊シンボルスカ＝ヴィスワヴァ・シンボルスカ（一九二三〜二〇一二）。ポーランドの詩人、随筆家、翻訳家。哲学的な抒情詩作者として知られる。一九九六年ノーベル文学賞受賞。

幾つかの話はしなくてよい

人は母の腹から生まれ出て
話すことをして以来　いつも他人と話をしているが
いくら話しても面白くない
いつも何かを語って人を驚かせようとし
いつも一言で要点を衝こうと思っているが
幾つかの話は言ってしまったら　取り返しがつかない
氷雪よりも冷たく　ナイフよりも鋭く
空はたちまち暗くなってくる
蓮の池の月の光　湖面の星は
見えず　雨が芭蕉を打つさまも見えない
とりわけ長話を我慢すれば

それを閉じ込めてやれば　退屈することはない
幾つかの話はしなくてよい
時間が経てば　話は変わってしまう

2019.9.16

幾つかの事はしなくてよい

多くの人がしてきた事は
しなくてもよい事だ　例えば密告　尾行
地面の落葉の動静も
夜半の寝言の鑑定も
似て非なる後姿が　路地に歩み入ったことも
君とは関りがない　知りたがってはならない
人は好奇心が多くなったら
ねじ曲がるのは自分自身の方だ

自分自身がするべき事をするのに
一日中他人を気にしているようではいけない
ある種の任務は特別任務と呼ばれ

略称は特務だ　こういう任務を引き受ける人には
いい人、悪い人どちらもいる　組織がある　規律がある
重要なのは　誓いを立てること　天地神明に誓うことだ
君にはそういうことがないから
申し分のない庶民の暮らしをして
草花を植え　種をまいている

草のみどりは一面の温もりとなり
花は海のように気ままに咲き広がっている
旧式の建物は精緻に設計されているが
うまく清潔感を保てず　垢や汚れを隠せないから
つなぎ目のない繋がりにする方がよい
為すことの全ては　人が為し　天が見ている
運よく耳目を遮ることができるなんてあり得ない
幾つかの事はしなくてよい
心に恥じるところが無ければ　安らかに眠ることができるのだ

2019.9.19

木犀問題

我が木犀は真新しい葉を茂らせ
窓台のガラス一枚向こう　あれこれ何か言ってくる
枝が問題にまつわり絡みつき　葉がそれをどんどん大きくし
季節はタイミングよく巡り　我が木犀は人の気持ちがよく分かっている
時折風が吹けば　朗誦したことのある唐詩が落下してくる
二音節が中空に積もり重なり　差し伸べられる優しい手を待っている
合掌してそれを巣にして　我が夢想のために眠りの床を作っている
落下も不本意なものではない　掌上の死はきっと優美であるに違いない

何か親密さが生じ　この季節に美しいものがあふれ
私と木犀の間には　無言の心の通い合いが成立している
他の一切のものが余計になり　窓ガラスが割れたなら
ひょいと隔たりが外され　澄んだ香りに心が揺さぶられることになる

夕方七時

夕方七時　夜はまだ来ていない
南河苑を五階までよじ登った枝が
書斎のガラス窓の外で　私に向かって挨拶をしている
これは以前から変わらない儀式だ
私が窓を開け　手を伸ばして枝の葉と握手すれば
季節の変化を感じ取ることができる
もし雨の後だったら　その心配事まで分かるのだ
書斎は私の国土
布陣する書物の背中と　青々密集する繁茂は
勇壮な千軍万馬
私が居ても居なくても　それらはいつもそこに居るし

時間に間に合う間に合わないに関係なく　それらはいつもそこ在る
夕方七時は　その他の時刻を包み込み
私がどこに居ようと　凝固して
あらゆる時の針がこの時刻に留まっているのだ

2019.7.18

野外映画

これはある年代の記憶だ　映画館は
いささか尻込みしてしまう贅沢な場所　チケット一枚あれば
誇らしげに女の子の手を引くことができたし
お出ましの子はまるで君の人になっていた

都市のバスケットコートに　農村の土手に
白い大布と大音量のスピーカーが　高々とセットされる
もし星と月が見えていれば　すごくロマンティックなのだ
地下壕戦、地雷戦、各地転戦
何回観ても飽きが来ず　心が揺さぶられる場面になると
満場の集団が一つの台詞を吠えた

野外の映画上映で子供はいつも無辜の者だが
立っていると激しく叱責され　座っていれば大人の後頭部のデッパリが見えた
もっと多くの場合　自分がスクリーンの後ろ側にしゃがみ込むだけで
登場人物が左利きに見なしてしまうのだった
左手で野菜を挟み　左手で銃を撃ち　左手でビンタを張り
大きくなってからやっと　形は左派だが実際は右派だったと気付いたのだった

私が観た野外映画で覚えている登場人物の名前は
南覇天、座山雕、八姑、古蘭丹姆*
男はみんな悪の限りを尽くして終には年貢の納め時となり　女も性悪だったが
美男美女ぞろいで忘れようがないのだった

2019.9.23

*南覇天＝『紅色娘子軍』。座山雕＝『林海雪原』。八姑＝『七十二家房客』。古蘭丹姆＝『冰山上的来客』。

蚊に出会う

うたた寝のうちに
爆撃機が耳元を飛び　目は閉じたまま
手の動くに任せて掌を額に落としたが
衝突の感覚があって　血の臭いがして
のろのろ起き上がって死骸を探した
もう冬なのだとちょっと思ったが　この季節にも
灯りのない真っ暗ななかで侵犯があったのかはっきりしない
冬にも狼が出るのか　祥林嫂*がはっきり知らないのと同じだ
とうとう寝付けなかった
部屋中にブーンという音が残り
私を一九三八年の重慶の磁器口の

防空壕へと連れもどした　手を差し伸ばしても五本の指は見えない
私が以前に書いた一篇の詩が
弔辞になるのだった

2017.11.12

＊祥林嫂＝魯迅の小説『故郷』に登場する。

紙の上

私は紙の上に眠るが
夜の気配が加減する墨は黒くはない
眠りが残す痕跡は
全部つなぎ止められて文字となり　憔悴、充足となり
或いは破損となる　それは我が一生の全てが備わった履歴書
紙の上に複製される私は　錦江、峨眉山を抱き
麓のホテルの旧跡を抱いている
紙の上の　優美な節回しの味わい深い詩は
自分自身によって大切に保存され
絶唱となるのだ

自力更生[*1]

どんな事柄も自分でやれば
誰かが誰かに借りができることもない　書斎の花は
読書経験がなく　黄金の部屋も玉のような顔（かんばせ）も知らないが
自分自身で極上の花を咲かせている
南泥湾[*2]は良い所だよ　カボチャを育て、粟を育て
「信天游」[*3]を育て、好い心根を育てるよ　私は夢のなかの南泥湾で
自分自身を育て　山のように高く聳えていたり
生きがよかったり、無骨だったりしたが　とてもぎこちなくて
雨を帯びられるような花咲く梨の木[*4]は見つからなかった
私は自力更生を鍛え上げて自分独特の秘策にし
私の養生法にした

自分のすること為すことは自分自身の手を動かし
あわれみ、へつらい、そして屈辱のうちに与えられる恩恵を拒絶し
身体が言うことを聴かなくなるのを拒絶するのだ

2019.4.21

＊1　自力更生＝中国革命の代表的スローガン。
＊2　南泥湾＝陝西省延安市にある地名。抗日・革命根拠地の中心、「自力更生」のモデルとなった。「湾」には「入江」という意味の他、川の湾曲する所という意味がある。
＊3　信天游＝民謡の一種。陝西省北部の〈山歌〉の総称。
＊4　雨を帯びられるような花咲く梨の木＝白居易の「長恨歌」に「玉容　寂寞　涙闌干　梨花一枝　春雨を帯ぶ」

流言飛語

ずっと弔辞の言葉を練ってきて
バカ騒ぎをした季節へと　書き与えたのだった
どの言葉も旧年の履歴保存文書を引っ掻き回して探したが
春うららかに花開くさまは探し出せなかった
寒の戻りは寒く　寒さが身にしみた
身体の関節は余りに長く封鎖されていたので
声を発することができなかった
枝の鳥が鳴き始め
庭の猫が鳴き始めたが
聞いても　それらの言葉の種類が分からず
それらの語を借りることができなかった

季節はやって来ない　人は行ってしまったら
もう戻っては来られない
花はこの季節に　病室に咲き
とても嘘っぽく艶やかだ
窓の外で雀がチュンチュン鳴いているが
それがどうして流言飛語に聞こえよう

2019.3.22

II

説文解字——蜀

殷商の山積みの甲骨文字のなかから
「蜀」という文字が見つかった
後漢の許慎[*1]は　それを蚕だと言い
長くなった目のふちが　額の部分に
横向きに置かれ　不思議な造形になっている
蚕、青虫の曲がった身体は
甲骨文の書写のなかでは
蛇、龍に似ていて
山林に出没する虎を想い起こさせる
だから「蜀」は「雕虫篆[*2]」ではなく
三星堆[*3]出土の文化財に加えられている

人の顔に虎の鼻の彫像は
長い目が　目のふちの外へ突き出ていて
縦長の目の仮面が関係している
それは私の家族の母斑である

2017.10.3

＊1　許慎＝中国最初の字書『説文解字』を著し、文字の構造を説明した。文字学の祖と言われる。
＊2　雕虫篆＝篆書の一種で、くねくねと虫が這い回ったような字体。
＊3　三星堆＝四川省徳陽市広漢県にある、古代中国の青銅器文明の一つ。両目の突き出した仮面、縦目の仮面というユニークな点もある。

私の南方は遥か南というのではない

私の南方は遥か南というのではなくて
ヤシ林、マンゴー、ビンロウはなく
贅沢な陽の光、砂浜と海はない
私の言語は北方方言に分類されるが
北方で話をしても　思いのままにという訳にはゆかず
ただ普通でいられるだけだから　頑張って基準を普通に下げるのだ
私の丘陵と盆地にも
とても多くの白い雲と青い空があり
壺の極上の茶「竹葉青」は
飲めば心が爽やかになる
夢を見れば　雪の花の舞うのを見

期限切れの酒　「青花郎」が
五臓六腑にしみわたる
こういう気楽さは実に言葉で言い表せないほどに素晴らしく
山河は余りにも大きく　落ち着く場所があればよいのだ
誘惑は余りにも多く　敬慕の一滴があればよいのだ
私は遥か南というのではない南方にいて
己を知り　人を知り　人の暮らしを知り
北を向けば　草原パオそして強烈な酒があり
南を向けば　カモメ、貝殻そして花の咲く時期がある
——東西については論点にならない

2018.11.26

隠棲

馬に乗り　銃を肩に掛ける時代はすでに過ぎ去り
天地の間には山水だけがある
草を摘み　静かな庭を足の向くままに歩き
隣人とは微笑みを交わし　ごたごたにはサヨナラだ
飲んできた酒、聞いてきた打ち明け話はみんな蒸発し
小さな心臓は　場所が空けられなくて
ごちゃごちゃ雑多なものは詰め切れない
小道は府南河の流れる水へ通じ　そこには魚やエビが戯れているが
樹上に立つ白鷺は　慣れっこになっていて見るともなく見ている
そこにいるのは　唐詩を読んだときの白鷺なのだ
それは　心に善意を生み　情愛に満ちた眼差しをしている

裏庭の孕んだ猫は
あくびの後　四肢を伸ばすヨガをして
陽の光の下で絶妙の振る舞い　醜いキジバトも
キラキラきらめく羽に櫛をかけている
早起きすれば　淹れた飲み頃の「竹葉青」は
針状の茶葉がゆっくり開き　優しく穏やかだ

2017.11.13

耳順

その年齢になれば
一晩中　それを誤魔化し　躲し　避け
年齢の話題の周りをぐるぐる回るのだ　だが私は全くその逆で
既にずいぶん早くから　常に高齢者を自称し
その調子で十年　そうしてこそ輝かしい老成に至る値打ちがあるのだ
耳順とは　つまり眼は何でも素直に受け入れ、心は何でも素直に受け入れること
もう場当たり的にお茶を濁すことはせず　馬は南山牧場に放してやり
槍や刀は武器庫に入れ　男役女形敵役端役道化役のメイクを落とし衣装を脱ぐのだ
さっと消えてしまうものには　心に憐みが生まれてくる
耳順は　様々な声を受け入れることができる
低音専用のスピーカー音から　イルカの声まで

高雅な楚歌「陽春白雪」から通俗の楚歌「里の巴蜀人」まで
ひいては独特な節回し、民謡、ロック、笑い声までも
すべてが耳に入り　心にしみ込んでくる
それからは　どんな片隅に飛び出してくる雑音も
耳に心地よく　美しく聞くことができるのだ

2018.1.15

外す

仮面を外し
着ていた装いを外す
マンション南河苑の東窓はわざわざ問題を起こしたりしない
都会の盛り場のにぎわいは　高さ三メートルまでだ
私の中二階までよじ登れない
南窓のガラスは突き破れない　紙ではないのだ
あたり一面青々と茂り　若葉からは緑が滴り
柔らかく穏やかな抒情が滴り落ちる
世と争わないというのは　切り抜けるということ
周囲に隠されている包囲網を突破すれば
心が清らかになり　しかも寡欲になる

人を多く観察すれば　虚名に満ち満ちている訳ではないが
勝とう勝とうと頑張ったところで
終には累々たる傷跡というだけだ
重んじているものを全部放り出して
のんびり談笑し　ゆったり愛を語り
のんびりゆったり向き合う
どんな時も　切歯扼腕する必要はなく
あっさりした茶で　肺が潤い　目が良くなり
空の青さが見え　雲の白さが見えるのだ

2018.8.21

禁煙の記

つくづく我が指を切り落としてやりたいと思う
タバコをぎゅっと離さないのだ　禁煙なんてできないというのか
それとも我が指には悪い癖があるというのか　分からない
禁煙はたやすいことだ　禁煙だと言って禁煙すればいい
何百回も禁煙した　気楽なものだ
指が言うことを聞かない　私とは道が違う
道が違えば話し合いはできない
私はあまたの機会に深く悔いて　前非を改めると誓った
例えば公共の場所で
例えば明白な禁令によって
指をズボンのポケットに拘禁して

風に当たる時間さえ与えなかった
そうするうちに、私に帰順したように見えたのだが
全く私の指図に従おうとはしないのだった
一を聞いて十を知ることができず、気まぐれ気ままに
一を以て十に当たり、自分で自分が正しいと思っている
私には分かる　きっとある日
自分の指に火を点けて　ジリジリ燃やし
目の前に　そいつの雲散霧消を見ることになるのだ

2019.9.23

誰にも古屋が

誰にも古屋があり
我が古屋は土壁　茅葺の小屋で
穀物干し場より一段低くなっている　時間の暗室が
その白黒ネガを保存してきたのだ
それは生産隊の保管室になっていて　風車、犂の歯
その他　奇妙な形をした種々の農具が積んであり
灯りのない真っ暗な夜
私に親愛の情を示してきた　私はそれらを親友だと見なして
プーシキン、バイロンを朗誦してやり
自分の心躍りを朗誦してやった
青春期の人間の高揚と放縦は

明るくなったり暗くなったりする石油ランプに　照らされ
逃れる場所は　そこ以外にないのだった
私の古屋は五里坂にそびえ立ち
喜怒哀楽はそこに根付いていて
後に住んだ冷たい高層ビル、別荘より
より温もりがあり　実感があり　よりスムーズに寝入ることができる
古屋はもう存在せず　そのネガは
白と黒　インチキをやることなどあり得ない
私の唯一つの　装うことのない真の姿だ

2015.2.14

文字廟

文字を作った蒼頡《ソウケツ》は　余りに遠い人になってしまったが
遠く有史以前　文字を発明し
その数千の漢字が　自分自身に二文字の姓名を残すことになったのだ
その二文字は　縄の結び目から符号、絵になり
最後に横縦左払い右払いの　組み立て分解に至り
私たちは太古、上古のことが分かり
黄帝、堯舜禹のことが分かり
本当の中華五千年が
分かるのだ

文字廟は蒼頡を祭り

その門前通りでは　文字を金の如くに大切にしたのだった
文字を書く紙も捨ててはならない
香炉で焚いて吹き上がる煙に変え
五千年前の村落に送り返せば
漢字が星と同じように点々と散らばる村で
古代の民に文字を教えた蒼頡は
真偽を弁別し　規則を点検訂正できたのだ
現在では既にこのような拘りはなくなり
門前通りの至る所が　煙でいぶされ火で焦がされ
もの売りの売り声が聞こえるばかりだ

その日　蒼頡が通りに戻ってきて　私に言ったのだった
文字を作ったとき
馬にも驢馬にも四本の脚を作り　その後
簡略化されても　すっきりしている
だが　牛の文字には一本の脚しかつけず

それは自分の一時の手抜かりだったと
私は　そんなことは重要ではないと言ってやった
牛には牛の気骨があり　一本の脚でも地に立つことができるさ
現在の人間は　二本の脚でも
しゃんと立つことができないよ

2017.3.9

紅衛兵の墓

沙坪台は市内で唯一の平らな土地で
公園の木は緑も冷え冷えとして
たとえ最も熱い時刻が入ってきても、
笑い声さえ凍えることだろう
土塀の一部は崩れてなくなっており
改めて塞がれ
塞がれて　また崩れて欠けたのだった

土塀は一人の人間が塞いだのではない
土塀は一人の人間が崩したのではない
塞いだ人がそれを崩し

崩した人は
またそれを塞ぐことだろう

崩れ落ちた塀以外の風景は
沙坪公園の一部だ
塀を塞いでそれを隔離すれば
環境と協調できず
季節と協調できない
昔の傷跡だからだ

塀のなかの草木には
散る花があり　落ちる葉があり　枯れる木がある
塀の外の者はこれまで誰も世話をしなかったが
散らかったり　埃をかぶったりしているのを見てはいない
清明節のころに通りかかると
ズタズタの塀には花が満開だった

近くの教会の鐘の音はかすれ
氷のように冷たい十字架の下で
時代は血を失っている　むき出しの墓場は
凄惨の　完璧な一揃いを保存している
その年の塀の外で
朝八時九時の百個の太陽が
体温を封印したのだった

2014.3.23

木の葉が中空に

木の葉が
いつまでも中空に懸かっている
去年の画家が
私の今年の心境を描いている　自由で慈悲深く
他に気を取られることのない様を描いている

私は中空に懸かっている
空高く昇る舞いに　喝采はいらない
私はそこで詩を書き
そのスタイルを変えているが
他の人には見分けられず　自分で自分のことを見分ける

石が飛んできて
その放物線はすれすれに葉を掠めた
石は落下して砕け
木の葉は雲になり
空はとても青く　とても晴れ渡っている

2018.4.5

切り絵

まだ馴染んだことのない我が先祖代々の出身地は
鋏に切りぬかれて　名詞から随分昔の時代へと変わり
遠い昔の村里になった
我が年若い祖母　年老いた祖母
そして彼女たちの祖母　祖母の祖母は
包丁さばきに余裕があり
鋏による紙上の対話が習いとなっていた
物語の一節とディテールである　それら
喜怒と哀楽である　それら
秘め事である　それら

村はずれを流れていた河は
指の間を何度となくくねり巡り
真っ赤な紙の上に流れ着く
指はすでにゴツゴツし　艶を失くしていても
紙上には　まだ少女の恥じらいが隠されていて
色白で柔らかい桃の花を咲かせる
その手さばきは　少しばかり緊張しているが
花びらが辺り一面に散り
道行く春が　こぼれたそれらを拾い上げると
我が祖母が見えてくる

2017.1.3

心からの願い

ジイジになったその日から始まった
私は孫担当になった
家のなかの数十年の最高至上の地位が
ぐらぐら揺れた　一挙手一投足が
もう一度最初からやり直す必修科目となった
私は気ままにタバコが吸えなくなり
度を越えた酒を飲むことができなくなり
穏やかな中国語のなかに　ぞんざいな言い方が跳び出してはならず
口に蓋がないのは許されないのだった
全世界中に陽の光の恵みがあふれ
私も身体中の血が生き返り　温和になり優雅になり

もう「眉を横たえて冷やかに対す」* こともないのだった
孫に対するには　孫のようにならなければならず
嘘を言わないように　嫌がられないように
いつもにこにこ顔で　お利口さんになれ　そう思う
ベランダで　花の咲くのを見るのが習慣になり
幼い白鷺が木の枝で無邪気に遊ぶのを見るのが　習慣になり
外出して道に出会い　信号に出会えば
あらゆる人の笑顔が　しっかり記憶されるのだ

2019.10.4

*眉を横たえて冷やかに対す＝魯迅（一八八一〜一九三六）の詩句に「眉を横たえて冷やかに対す千夫の指／首（こうべ）を俯（た）れて甘んじて為る孺子の牛」（顔を上げ相手を見据えて冷やかに対決するのだ、非難する千人の男の指に対しては／小さな子供のためには甘んじて四つん這いになって首を垂れ、お牛さんの背中になってやろう）がある。

墓誌銘

私の先祖代々の地　私の出生地
私の姓氏と名前と　梯子のような身長
血脈のなかの嘉陵江と長江
流れに堆積した砂礫の丸裸
規格通りに正装した写真
全部そこにある
天空へと放ったあの凧は
私を他の都市へと連れてゆき
気楽にさせ　いい加減にさせ　ピリ辛にさせ　穏やかな物腰にさせ
蓋付き茶碗のお茶が　生来の乾きを潤したのだった
乾きは　私の母語に性情を注ぎ入れ

文字そのものより一層猛烈になり
犠牲を厭わず引き受けることができ　水火をも辞さなかった
今の私の温和と優雅とは
三百キロ離れ　一杯の酒によって隔てられている
酒は　複雑な文章を簡潔にするし
都市と都市の間を仲睦まじくすることができる
重慶　成都　生活の蓄積と追放
そのなかに在って　私の身体は健在だ
私は梁平と言うが　履歴は省略する
同姓同名は千万に上るのだし　自分だけが
確かめられるのだし　しかも万に一つの失敗もないのだから

2018.11.25

III

越西の銀細工師

私は越西[*1]で
銀のような　辺り一面の月光を目にしている
まるで　前世に銀細工師と約束していたかのようで
炉の炎は　彼にたやすく点火され
彝《い》族文字の湾曲した筆画を　真っ直ぐに伸ばし
ますます　私の馴染んできた漢字のようにするのだ

月の光は越西の地の色
棒銀がゆっくり融けてゆくプロセスのうちに
あらゆる具象が抽象化される
そのフエルトマントと　私のTシャツは

私たちの外面の違いであるにすぎない
水観音[*2]も雲の峰にじっと座することには耐えられず
湖に明るく冴え冴えと満ちる光は　すでに沸き立っている

火の光が明るく照らす額から
大玉小玉の銀製のお宝が滴り落ちて
逸品がメジロ押し　銀細工師は金槌をひらひら振るい
軽く重くそして深く浅く　すべてが　魅せるアート
塀に囲まれた彝族の村の　この隠れた特技は
私の好奇心と驚嘆を
金槌で打って　種々の風雅の心情に変える

銀細工師は学問したことはなく、
村の外の漢族のしゃべる話は　聞いても分からない
彼が最も遠くへ出かけたのは西昌だが
そこの月を見上げれば　越西で見るものとそっくり

彼が銀から打ち出したものが
天に懸かっているのだ

＊1　越西＝四川省涼山彝族自治州の越西県。西昌は県庁所在地。
＊2　水観音＝中所鎮にある。山腹から地中を流れ、そこで湧出している。

2019.6.13

文昌君廟参詣

天上の星たちは皆
代々の原籍が地上にある
文曲星[*1]は　越西の金馬山麓の盧林溝が原籍で
産声は近隣のものと異なる余地もなかったが
観音泉[*2]が張亜子[*3]という名前を洗っては
また洗い　埃、雑念、私欲の
付着する余地を無くしたのだった
私は文昌君廟の前で　ここで自分から帝王を
唱えようとは思わないなどと　失礼なことを思ってしまった
彼こそが我が先人なのであり
北の孔子に匹敵する南の文昌なのであり

ちょうど　私が孔子様に礼拝するように
礼拝日に　唯一の文曲星なのだ
私という書生が　名を慕ってやって来たからには
ここ　星の宮殿にあっては
多言などできず　恭しく
いつまでも両手を合わせるのだ

2019.6.14

＊1　文曲星＝北斗七星の第四星、文昌星のこと。文運を司るとされた。
＊2　観音泉＝「越西の銀細工師」の「水観音」に同じ。
＊3　張亜子＝中国の民間で信仰された、伝説の神仙。「張育」と「亜子」の二人の人物が合成されて成った神仙。後に文昌君となる。

湖心の島

私は　どうしても湖水のなかの島へ行きたいと思っていた
そこに木はなく　露出した石が
水に囲まれている　東湖*から見える山紫水明の景色を
手の赴くままに摘み取れば　一生楽しめるというものだ
私はその孤島を見つけて
いささか身体がふるえ　自分が抑えられなかった
小舟を雇って渡ってゆくと　湖面のモヤが
四方から八方から続々と押し寄せてきた
私は　頭からすっぽり目隠しをされ　無理矢理連行される捕虜のように
島へ護送されたのだった
石の他もやっぱり石で

それらは　水に潜っていったものなのか、
それとも　水中から成長したものなのか　よく分からなかった
島の上からは　東湖の波が見えたが
風はなくても波が立ち　水辺の石は
すでに全身傷だらけなのだった　一周してみたが
一草もなく　鳥が頭上を飛び
旋回していた　船は島の縁に固定され
船頭は私に背を見せたままだった　船にもどると
暮色がくまなく空を染め　岸辺の盛り場の華やぎのうちから
誰かが私に手招きしたが　私の手は
どうしても上がってこなくて　振ることができず
石たちには　サヨナラの言いようがなかった

2019.5.28

＊東湖＝湖北省武漢市、長江右岸の湖水。

東湖の三角梅

東湖で三角梅*に出会ったのは
花の世界の名門令嬢に遭遇する以上に
驚喜することだった　それは私の階級意識と関りがある
三角梅は　これまで光彩を放っていた訳ではなく
私と同じように　境遇に安んじていた
私たちの習性には　驚くほどの類似点があり
陽の光と雨水さえ少しあれば　キラキラするのだ
東湖では　驚嘆の声と賛美のすべては
木陰を行く花散る夢想の小道の　晩春の情景に与えられる
だが　三角梅は冷遇されているという拘りから
四月から花を咲かせ　夏秋は思うまま気ままに

そのまま初冬になって　やっと雪に花のほころびを手渡すのだ
多くのスターや大家たちが　及ばざるを自ら恥じ
天下一の香りと色の牡丹と　咲いて稲妻のようにすぐ萎む優曇華の花も
三角梅の前ではお粗末な雑草
登場するのも　慌ただしく退場するのも　慌ただしいのが残念なところだ
東湖の家系図に三角梅はないが
広く燃え上がった火は　今ちょうど野に燃え広がり
生来の野性と増長と組んで
一切の羞恥と作為を秒殺する
散らばった三角梅はどれも私の身内
とりわけ東湖では目の前にあるのだ

2019.5.30

＊三角梅＝ブラジル原産の花卉。

柳侯廟茘子碑[1]前で

柳宗元が独り　小舟で釣り上げた雪[2]は
空に舞って　千年の後
一滴の水となって　こぼれ落ちた
柳侯廟ではそれが私を引き寄せたが　細かな段階を踏んだ
韓愈[3]の黄色いバナナと赤い茘子からは　よい香りがし
蘇東坡[4]の文字は　依然として雄壮で力強く
碑の裂け目から　温かみがゆっくり昇ってきた
我知らず「いやはや　これは！」と言う人もいた
たちまち天が裂けてすき間が生じ　急に明るくなるのだった
公明正大な柳侯廟は
永貞の革新運動[5]の背景を明るく照らし出した

やはり蓑は官服より愛すべきものだ　翁は
断崖から落とされる式の　降格の憂き目に遭って司馬となり
柳州の長官となり　死後の加増で侯となったが
それらのことはもう雲煙に過ぎない
茘子碑の文字は白黒はっきりしていて
唐宋両朝三文豪の碑の前に集まっている顔は
きらきら輝いている　また千年経っても
あの雪はまだ存在し　やっぱりさっぱりしているのだ

2018.11.24

＊1　柳侯廟茘子碑＝「柳侯」は柳宗元（七七三〜八一九）のこと。碑文は韓愈の書いた「柳州羅池廟碑」から。柳宗元の功績を称えたもので、文頭に「茘子丹兮蕉黄（ライチは紅くバナナは黄色）」とあることから、「茘子碑」と呼ばれ、後に蘇軾が書写したものなので、「三絶碑」とも言われる。

＊2　柳宗元の五言絶句「江雪」参照。

＊3　韓愈＝七六八〜八二四。柳宗元と古文運動を唱道する。共に唐宋八大家の一人。

＊4　蘇東坡（蘇軾）＝一〇三七〜一一〇一。父は蘇洵、弟は蘇轍。唐宋八大家の一人。

＊5　永貞の革新運動＝唐の順宗の時代の、官僚士大夫による行政改革運動。

李太白の墓に詣でる

墓一つだけという権限を手にして
李白はそこにいる　李白の詩は
そこにたわわに枝を広げ
手を伸ばせば　手折ることができる　青々と茂る山は
盛唐詩歌の輝きを収蔵している

私はしばらく墓前に立ち止まって
墓守谷氏第五十代の子孫と
詩人晩年の高揚と拘りについて　あれこれ話した
話は酒のことに及び　河中に月を掬った伝説に及んだが
詩人の零落だけは話題にならなかった

墓守の顔には飾らない誇りがあり
それは谷氏先祖の　千年の約束ごとなのだった
千年のあいだ　谷氏が詩人を出したことはなく
むしろ千年のあいだ詩歌の世話をしたのだ
そのことが一家の引き受けたことを
不朽のものにしたのだった

私は自分が詩人であるなどとは　とても言えないが
秋風吹く草葺き屋の詩人に代わって　お辞儀をした
谷氏という墓守にお辞儀をした
墓前の自分自身のお辞儀は
詩歌に直接手渡す自己批判だった
本当の深奥が見えたのだ

墓前では見栄で風雅は語れず　箔は付けられない

あらゆる独りよがりは　全て薄っぺらなものだ
どんどん増しているように錯覚する「著名」と「大御所」は
ここではホコリの一粒に過ぎない
合掌して周りを一周すると
自分で貼った背中のレッテルが
風に吹かれて落ちるのが見えた

2019.5.6

羅平*で花の王になる

いきなり花の海にもぐり込む　ここ羅平でうつむき
あたり一面の黄金の兜を拾い上げて　身にまとえば
王の気概が備わっている
花という娘たちが恭しく迎える仕草は　山を押しのけ海をひっくり返す勢い
英雄さえ戦いをあきらめ　自らすすんで捕われの身となる
青空と白雲は寵を失ってしまう
目に映るのは　美しい淑やかさと揺らめきだけだ
朝には　近所にいるような少女に出会い
昼には　なよなよ多情で艶めかしい人に出会い
夕暮れにも　まだ後ろにいて　ちょっと揺らいで貴婦人になっている
なるほど　女は大人になるまでに何度も変わると言うのも道理だ

だが　私が果てしない八百ムーに夢中になったとしても
好きになるのはわずかに一輪だけ
囲みを突破できるかどうかは考えない
一度王になり　風も通さぬほどびっしりの共周りを従える
それで充分　大きな声を一面に響きわたらせてよいのだ。

2018.3.18

＊羅平＝雲南省曲靖市羅平県。昆明から東へ二百キロ。一面の菜の花畑で知られる。

養蜂家

養蜂箱に集積される楽譜は
開かれれば　その度に暴風となる
菜の花畑のシンフォニーが　蜂の羽から
立ち昇り　陽の光ときらめき合っている
一人だけで見回りをする舞台
一人だけの千軍万馬
年ごとの花の季節の上演は　花が咲くだけで
きらきら光り輝く
遊牧より孤独なテント小屋が
花の海に見え隠れしている
簡易ベッド一つ　鍋一つ　耳二つ

羽音を聴くマイホームの暮らし
傍らの多依河には　水が満ち満ちて
夢はどれも優しいものになる
もうずいぶん長いあいだ　人との往き来はない
蜂の甘い言葉　その高ぶりとゆったり気分には
慣れっこになっている
風が吹いて過ぎ　花びらの雨滴が
彼の身に私の身に零れ落ちる　カーテンコールはない

2019.3.9

珪化木に隠された原籍

ジュンガル砂漠のジュラ紀は
石に記録されている
万年億年前の喬木が珪化し
経絡[*1]がガリ版の原紙を切ったその年輪は
塗り替えも移り変わりもならず
鷹の視線で厳しく鋭くチェックしても
私の手のなかの石の遺伝子は
一目瞭然　くっきり見える

石のまだら模様のなかに
その家系図を実地調査してみた

一本の木が己の身体を横たえて
歳月と交わっていたのだった　どの時代もそうだった
老いた砂漠が
水一滴の見張りをし　コンクリートを流し込み
そのドロドロを　樹皮と骨格が包み込み
地表に跳び出したら
油に浸され　艶の出た皮膚は鉄のようになった

盛んに呼吸しているのが聞こえる
木と化している石には
生命の美しさが見える
この奇台県[*2]土着の先住者には
自分の姓名があるのだ
私が持ち帰ったその石はジュリアと言い
夜ごとに　心地よい歌声を聞かせてくれる

2016.8.4

＊1　経絡＝気血が体内を巡るルート。経脈と絡脈とをまとめて経絡と言う。

＊2　奇台県＝新疆ウィグル自治区東北部。ウルムチの東、天山山脈の北、ジュンガル盆地東南部。

訳者あとがき

始まりはいつもと同じ、訳詩ノートを作成することだった。それを机上のパソコン前に置き、時間を見つけては一篇また一篇と訳してきた。手間仕事だったが、少しずつだが着実に進むという感覚を持てた作業だった。

この訳詩集は、梁平詩集『時間ノート』（花城出版社・二〇二〇年四月）全三集一五〇篇中の、ちょうど半分の七十五篇を、第一集を中心に訳出したものである。第一集「深く追求せず（点到為止）」から五十九篇中五十三篇、第二集「互いに平和を（相安無事）」から四十八篇中十三篇、第三集「厚い温情（天高地厚）」から四十三篇中九篇を採っている。

梁平は一九五五年、重慶（現在は中央直轄市）に生まれ、四川省成都に住み、この地方と生活とをこよなく愛しているようだ。『巴と蜀：その二重奏』というような詩集もある。「巴」とは四川省東部と重慶一帯の別称であり、「蜀」は『三国志』の蜀である。

その詩歴はちょうど五十年になるが、三十余年の編集長（中国語では「主編」と言う）の経歴があり、三十余年は詩人と編集長を兼ね、散文、小説、評論なども書いてきたのだった。編集に携わったのは、重慶の文芸誌「紅岩」、四川作家協会が主催する詩誌「星星」、創作、評論を中心とする成都の文芸誌「青年作家」、四川文芸出版社の主宰する詩誌「草堂」であり、現在も「草堂」などの編集長をしている。中国作家協会詩歌委員会副主任、四川作家協会副主席など、肩書も多い。「身分は幾つもある」（22ページ「盲点」）。

私は、日本の短歌や俳句の結社、詩の同人誌、それらの作品発表や組織運営の事情についても余り詳しくはないし、中国の詩歌事情についても余り詳しくないけれども、日本と中国ではかなり異なるようだ。中国では、もともと作家協会（詩人も含まれる）という組織があり、文芸誌や詩誌の発行には公的な予算が出ているのだと言う。勿論、「民間」の詩人も多いはずだし、詩は詩として独立していると言うのも論を俟たない。肩書の多い編集長梁平はそのような条件下で、詩と格闘しつつ詩に支えられてきた。そのような五十年、或いは三十余年だったと言えよう。詩集名『時間ノート』は、きっとそこに由来しているのだ。

冒頭の一篇「自分自身に覆われている」には、この辺の事情が現れているのではないだろうか？　だがその自分自身は、終には骨になるのだった。『時間ノート』原典の表紙をめくると、序文や目次より前のページに「詩作四十余年、唯一つやりたいことは、皮相と妖艶を拒絶して、詩を骨の内に書き込むことだ」と書かれている。平易な言葉を磨いて骨の内部へ刻み込もうとしたのだった。その骨は堅く張りつめているが、そっと叩けば、きっと心地よい音がすることだろう。現代の「文人」の、一つの姿と言えるのかも知れない。

「パリに火鍋が」（92ページ）を読んで、私は以前成都の食堂で食べた麵類を思い出した。隣の席の子供が唐辛子をたっぷりかけるのを見て、妙に気恥ずかしくなってしまった。梁平少年もあのようだったのだろうか？　唐辛子を楽しむというような詩も読んでみたい。

最後になったが、思潮社の髙木真史さんには大変お世話になり、ここに一言お礼を申し上げたい。

2024.3.10

梁平　リャン・ピン

一九五五年、重慶生まれ。詩人、編集者。重慶師範専門学校、西南法政大学卒。「紅岩」、「星星」の編集長を経て、現在も「草堂」、「青年作家」の編集にあたる。詩歴五十年。『巴と蜀：その二重奏』『家系図』等十三冊の詩集の他に、詩歌評論集『閲読のスタイル』、散文随筆集『子《し》、川の上《ほとり》に在《い》まして曰く』（訳者注：『論語』第九子罕篇）、長編小説『天門の方へ』などがある。十月文学賞など受賞多数。中国作家協会詩歌委員会副主席、四川作家協会副主席、四川大学中国詩歌研究院院長など。

竹内 新　たけうち・しん

一九四七年、愛知県蒲郡市生まれ。名古屋大学文学部中国文学科卒。愛知県立高校国語科教員を定年退職。その間の二年間、中国吉林大学外分系文教専家（日本語）。詩集『歳月』、『樹木接近』、『果実集』（第五十五回中日詩賞）、『二人の合言葉』。訳詩集『文革記憶』（駱英）、『西川詩選』など多数。最新のものとして『盛祥蘭詩選』がある。

時間《じかん》ノート

著者
梁《リャン》 平《ピン》
訳者
竹内《たけうち》 新《しん》
発行者
小田啓之
発行所
株式会社 思潮社
〒一六二―〇八四二 東京都新宿区市谷砂土原町三―十五
電話〇三（五八〇五）七五〇一（営業）
〇三（三二六七）八一四一（編集）
印刷・製本
三報社印刷株式会社
発行日
二〇二四年四月二十五日